2015 年 12 月 6 日に訪ねた神奈川県立七沢森林公園にて
愛犬の小春と一緒に

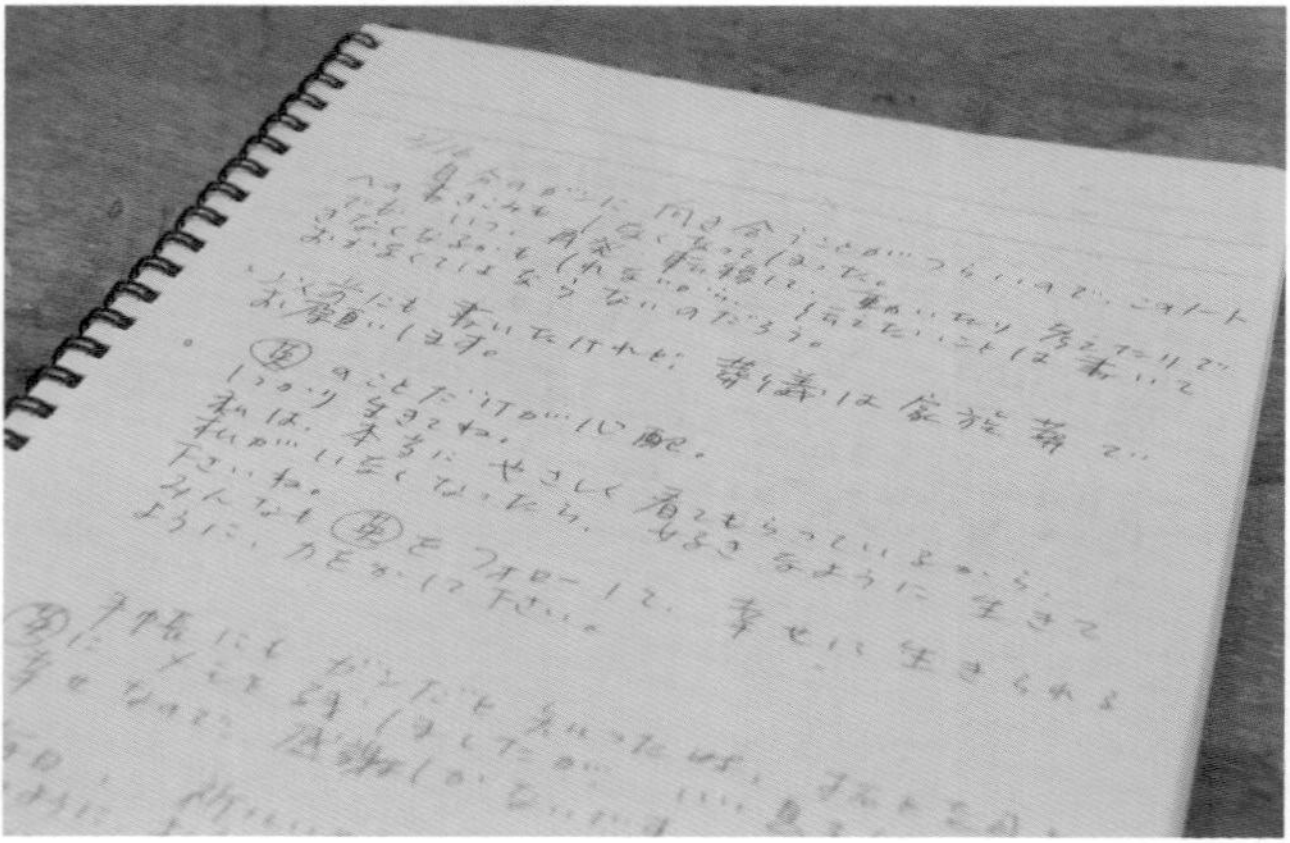

容子が日々の思いを綴った日記帳

ほとんど毎月行われていた宮本家の誕生日会

妻が願った最期の「七日間」

パート　宮本　英司
（神奈川県　71）

1月中旬、妻容子が他界しました。入院ベッドの枕元のノートに「七日間」と題した詩を残して。

《神様お願い　この病室から抜け出して　七日間の元気な時間をください　一日目には台所に立って　料理をいっぱい作りたい　あなたが好きな餃子《ぎょうざ》や肉味噌《みそ》　カレーもシチューも冷凍しておくわ》

妻は昨年11月、突然の入院となりました。すぐ帰るつもりで、身の回りのことを何も片付けずに。そのまま不帰の人となりました。

詩の中で妻は二日目、織りかけのマフラーなど趣味の手芸を存分に楽しむ。三日目に身の回りを片付け、四日目は愛犬を連れて私とドライブに行く。《箱根がいいかな　思い出の公園手つなぎ歩く》

五日目、ケーキとプレゼントを11個用意して子と孫の誕生会を開く。六日目は友達と女子会でカラオケに行くのだ。そして七日目。

《あなたと二人きり　静かに部屋で過ごしましょ　大塚博堂のCDかけて　ふたりの長いお話しましょう》

妻の願いは届きませんでした。詩の最後の場面を除いて。《私はあなたに手を執られながら　静かに静かに時の来るのを待つわ》

容子。2人の52年、ありがとう。

2018年3月9日付、朝日新聞朝刊の投稿欄に掲載された実際の記事
またたく間にSNS上で広がり
数日間で約19万人の「いいね」とともにシェアされた

妻が願った
最期の「七日間」

宮本英司

SB
サンマーク
文庫

妻が願った最期の「七日間」

目次

校正　株式会社ぷれす
編集　鈴木七沖（なないち）
佐藤理恵（サンマーク出版）

詩「七日間」

神様お願い　この病室から抜け出して
七日間の元気な時間をください

一日目には台所に立って
料理をいっぱい作りたい
あなたが好きな餃子《ぎょうざ》や肉味噌《にくみそ》
カレーもシチューも冷凍しておくわ

二日目には趣味の手作り
作りかけの手織りのマフラー
ミシンも踏んでバッグやポーチ
心残りがないほどいっぱい作る

三日目にはお片付け
私の好きな古布や紅絹《もみ》
どれも思いが詰まったものだけど
どなたか貰《もら》ってくださいね

四日目には愛犬連れて
あなたとドライブに行こう
少し寒いけど箱根がいいかな
思い出の公園手つなぎ歩く

五日目には子供や孫の　一年分の誕生会
ケーキもちゃんと11個買って
プレゼントも用意しておくわ

六日目には友達集まって
憧れの女子会しましょ
お酒も少し飲みましょか
そしてカラオケで十八番《おはこ》を歌うの

七日目にはあなたと二人きり
静かに部屋で過ごしましょ
大塚博堂のＣＤかけて
ふたりの長いお話しましょう

神様お願い　七日間が終わったら
私はあなたに手を執られながら
静かに静かに時の来るのを待つわ
静かに静かに時の来るのを待つわ

#「七日間」ができあがるまで

「家に帰ったら、何がしたい？」

私の問いかけに、容子はゆっくりと口を開きました。季節は冬、2017年の年末が近づく12月20日を過ぎた頃のことです。2人きりの病室は時間が止まったように静まり返っていました。

10月の緊急入院の末、約1か月間お世話になった国立がん研究センターを退院できたのが11月20日。大きくなったがん細胞に対して病院でできることも少なく、思いきって自宅療養を選択したのですが、毎日続く嘔吐《おうと》から身体《からだ》の衰弱はひどくなるばかり。往診の医師からの紹介で、とりあえず吐き気が治まるまでと思い、川崎市立井田病院の一般病棟に入院することになりました。

11月26日の朝、嘔吐が原因で肺炎を起こした容子は、意識不明の重体となりました。親族全員が病室に集まり、私も折りたたみのイスに座って朝まで付き添いました。翌朝、熱も下がって意識は戻りましたが、日に日に体調は悪くなるばかりです。2日後には緩和ケア病棟へ移ることを勧められました。あの頃を振り返ると、2人ともすぐ帰るつもりでいたのに病気はどんどん進行を早め、私の気持ちなど追いつかない状態になっていました。

がん研究センターの退院後は、ずっと自宅療養できると思っていましたので、

「退院したら野菜スープを作るから、それ用の鍋がほしい」

「点滴をしながらでも2人で出かけたいので、車イスをレンタルしておいて」

容子も、まだまだ生きる希望をもって、自分がやりたいことをノート

に書いていました。私自身も、こんなに早く再入院するとは思っていませんでした。もう、がんに対する治療方法はありません。毎日が静かに淡々と過ぎていきます。

12月の上旬になると気管支炎の影響からか一時的に話せなくなりました。お見舞いにきてくれた容子の姉や私とも筆談での会話。そのとき「根菜のスープを作ってきてほしい」と頼まれました。

家族全員が認めるくらい、容子は料理が得意でしたが、中でも根菜スープは以前からよく作っていました。

大根、人参《にんじん》、牛蒡《ごぼう》、蓮根《れんこん》、山芋を固形のコンソメで一晩かけて煮るだけのシンプルな料理。それでも病室の容子は満足した表情で味わってくれました。もう退院は難しいことはわかってきましたが、それでも具合のいいときには一時的に外泊で家に帰れる。そんな希望をもって、家に帰ったらやりたいことを話し合う時間がやってきたのです。

「もし、神様がいらしたら、お願いしたいの」

「何を?」

「この病室から抜け出してね、7日間の元気な時間がほしい」

容子は、ぽつりぽつりとつぶやくように話し始めました。その頃には筆記用具を手でもつ力もありませんでしたから、容子の言葉を私がノートに書き記しながら会話が続きます。

「もう肉味噌《にくみそ》もなくなったでしょ? 作らなきゃね」

「そうだね。容子の肉味噌はおいしいからね」

私は肉味噌が大好物で、ラーメンなどには必ず入れていました。容子ものことを知っていて、普段からいっぱい作り置きを用意してくれたものです。

「圭司（次男）のスーツのズボンが破れたって。退院したら直すから捨てないで、って言ってね」

「伝えておくよ」

「ミシンもいっぱい踏みたい」

「ゆっくり作ろうね」

容子の趣味は幅広く、特に東京の日暮里で生地を買ってバッグをいっぱい作ったり、どうしても孫に「つるし雛《びな》」（江戸時代から伝わる伊豆《いず》稲取地方の風習）をプレゼントしたいと習いに行ったりするくらい手作りが大好きでした。結婚前から好きだった洋裁を生かして、姪《めい》たちの子供服作りも手がけていたくらいです。

「あなたと小春の3人で、またドライブに行きたいわね」

子育ても一段落した私たちは、愛犬の小春を連れてよく旅行やドライブに出かけました。子供たちが小学生の頃にサッカーを始めたあたりから、我が家はアウトドア派の家族になり、テントを持参してのキャンプにも何回行ったことか。ですから2人+愛犬の生活になってからも、時間を見つけては車でドライブを楽しんだり、犬と一緒に宿泊できる施設を訪れたりと楽しみました。

私たちの家族は、孫も合わせると総勢11人。つまり、ほぼ毎月が誰かの誕生月です。容子はそのたびに号令をかけて全員を我が家に集めました。手製の料理を人数の倍近く作るのがお決まりです。それは2人の息子とその家族が帰るときの手土産のためでしたが、勢いで料理を完食しようものなら足りなかったと反省していました。それくらい、いつも家族のことを一番に考え、家族みんなが元気に幸せでいることを喜んでいました。

2015年の8月、腸閉塞の原因となっていた腫瘍を切除するために手術を受けたところ、ステージ4の小腸がんが発見されました。翌月に宣告された余命は2年あまり。とても事務的に告げられたことが2人ともショックでした。

容子は自分の病気のことを近しい人以外には伝えようとしませんでした。心配させたくない気持ちもあったのでしょう。最期まで容子ががんを患っていたことを知らない友人知人もたくさんいました。

「憧れの女子会、やってみたいわ。カラオケにも行きたい。お酒もちょっぴり飲んでみたい」

病気のことにわずらわされず、以前の元気な自分のままで残りの時間を楽しみたかったのでしょう。

「楽しそうだね。やりたいことをやればいいよ」

「そして7日目はね、やっぱりあなたと部屋で静かに過ごしたい。大塚博堂さんの音楽をかけながら、2人の長い長いお話をしましょうね」

詩「七日間」の中にも登場する大塚博堂さんは、私たち夫婦が2人とも好きだったシンガーソングライターです。活動期間は70年代の後半から5年ほどと長くはありませんでしたが、レコード化された楽曲は約80曲、他のアーティストに提供した歌も40曲ほどあり、才能溢《あふ》れる人でした。

20年ほど前、私が初めてCDを借りてきたことがきっかけでした。「めぐり逢《あ》い紡いで」という曲が好きだったのですが、もともとは歌手の布施明さんが歌われていて知った作品。本家本元の大塚博堂さんバージョンを聴いてみたいと借りてきたのでした。

ところが、家で聴いていると、「この曲、いいわね」と容子のほうが大ファンになってしまいました。部屋の中で聴くのはもちろんのこと、車内のオーディオにも全曲を登録して、ドライブのたびにかけていました。特に「ピアノコンチェルトは聞こえない」を好んで聴いていました。

生前、容子は自分の葬儀のときに大塚博堂さんの曲を流してほしいとノートに記していました。容子の希望通り、会場にはずっと大好きな曲が流れていました。

2018年1月19日の真夜中。あのときのことを思い出すと、今でも胸が熱くなって涙が溢れてきます。

午前2時頃、私は容子の手を握っていました。すでに息が荒くなっています。

「容子、容子……」

巡回に来た看護師さんが、容子の容態の変化を見て言います。

「お子さんに知らせてください」

「まだ聞こえていますので呼びかけてください」

それは、いよいよ臨終が近くなってきたことを示していました。

お願いします。

お願いします。

もう一回だけ、なんとか蘇《よみがえ》ってほしい。

私には、どうしても最期だと思えませんでしたが、看護師さんの言葉に従って、2人の息子に連絡をしました。

「容子、容子、容子……」

前年の11月の危篤のときのように蘇ってほしい。

息子たちが駆けつけたとき、荒かった容子の息が少しずつ細く、短くなってきたのでした。

「やっぱり最期なのかな、旅立って行くのかな」

心電図モニターはつけませんでした。と同時に、容子の希望もあって延命治療はしませんでした。病室には家族4人、容子の身体が静かに動かなくなってからも2時間ほどをみんなで過ごしたでしょうか。誰に連絡をしたらいいのか、そんなことも考えながら……。

担当の先生が到着したのが午前5時頃。先生が来るまで脈は測れなかったので、すでに息はしていませんでしたが、まるで眠っているようにも見えました。

「ご臨終です」

みんな泣いてはいましたが、息子たちは冷静でした。
よく頑張ったね。容子、ごくろうさま。
徐々に部屋が明るくなってきました。
2018年1月19日午前5時、宮本容子は永眠しました。

◇

葬儀も終わって、少し気持ちも落ち着いてきた頃。その数週間をどのように過ごしてきたのか覚えていないのが正直なところです。容子が亡くなったという実感もなく、何かをやる気も起きません。ところが、このような気持ちがふと湧き上がってきたのです。

「このままみんなの記憶から容子のことが薄れていくのかなぁ……」

ぼんやりと、そのような気持ちになりました。そう考えると、いてもたってもいられなくなって、なんとか容子が存在していたことを示したくなりました。

人間は、生涯で3回死ぬと聞いたことがあります。

一度目は、肉体がなくなったとき。

二度目は、人々から忘れられたとき。

三度目は、生きていたことの記録が消滅したとき。

もうこれ以上、容子に死んでほしくない。容子という存在が消えていくことに耐えられませんでした。私の中では、まだ何も終わっていない。死なんて、まったく受け入れられない。まだまだ、どこかに容子がいる気がしてなりませんでした。まだ終わらせたくない……。

「そうだ、容子が作った詩があった」

私は容子の言葉を書き記したノートを取り出しました。あの日から、あまり見ることがなかったノートです。そこにあった「七日間」と題された詩。

「神様お願い　この病室から抜け出して　七日間の元気な時間をください」

購読していた朝日新聞の投稿欄が思い浮かびました。いつも見ていたわけではありませんでしたが、岡山県への転勤時代、容子が習っていた洋裁の先生が、よく投稿していたのを思い出したのです。

容子が最後に残したものを形にできないかな。よし、とりあえず送ってみよう。思いきって私も投稿してみました。

1か月ほど、特に何の連絡もありませんでしたが、2月の終わり頃、

「声」欄の担当者の方からお電話をいただいたのです。

「宮本さんが送られた原稿を掲載したいと考えています。紙面の関係上、全部は無理ですが……」

その後、ものすごく丁寧なやり取りをさせていただきながら、3月9日付の朝刊に掲載されました。記事の現物を見て、これで容子の最後の夢が形に残せたなぁ、と嬉《うれ》しくなったことを覚えています。

2～3日してから、再び朝日新聞の担当者の方から連絡がありました。

「宮本さん、ものすごいことになっています！」

朝刊に掲載されたのち、インターネット上のさまざまなメディアで、数日間で約19万人の方々が容子の記事をシェアしてくださったことを聞いたのです。

「もともとの詩を、デジタル版では省略なしで全文掲載できます。ぜひ出してみたいと思いますが、いかがですか？」

新聞の記事を見たテレビ局や出版社からの問い合わせも増えてきました。その中には、今回の本の企画を一番最初に提案してくれた編集者の鈴木七沖さんもいらして、いただいた手紙の文面には、私と同じようにがんで奥様を亡くされた体験が書かれていました。

私たち夫婦の平凡な歩みが、こんなにもたくさんの人たちの共感を呼ぶなんて、正直なところびっくりしています。

人は、亡くなっておしまいとは、本当にそうでしょうか。

肉体はありませんが、日常生活の中で容子を感じる瞬間はたくさんあります。もう死んでしまったんだ、という実感がありません。

「いつまでも、くよくよしたらだめだよ」

周りの人たちは私を励ます意味でもそう言いますが、そのようには割

り切れませんし、今でもしょっちゅう容子が夢に出てきます。と言っても姿が見えるのではなく、

「あっ、容子が家で待っているから帰らなくちゃ」

「容子と一緒に出かけなきゃ」

と、夢の中で思う自分がいる、ということです。

2人でドライブしているときもあります。夢の中では、容子がいて当たり前のシチュエーションなのです。いるのが前提で場面が過ぎていく。そして朝、目が覚めてから、それが夢だと気づいて、ベッドの上で泣いてしまうこともあります。

新聞の投稿欄に載り、テレビ番組にも取り上げていただき、こうやって本という形になって、容子の存在と体験と言葉が多くの方々の元に届いていることが不思議でなりませんが、きっと私を通じて容子が伝えた

いことがあるのかな、と思っています。何かしらのサポートがなければ、ここまで人と人がつながることはないでしょう。

容子が残した詩「七日間」が、必要な人たちに届くことで、少しでもお役に立つことを願っています。

二人の物語

容子の誕生日、1月26日を半月ほど過ぎた2016年の2月。「2人が出会ってから今年でちょうど50年が経《た》ったから、〝二人の物語〟を書いてみたの。あなたも書いて」と容子から言われました。初めて会ったのが18歳のとき。あれから50年……2人がたどってきた、2人だけの物語です。

彼女が最初に書き、それに対する返信という形で私が書きました。詩「七日間」の最後のほうにあった「ふたりの長いお話しましょう」とは、この「二人の物語」のことを示しています。

家族だけが知っている個人的な記述も多かったので、【出会い】から【マイホーム取得】まで、そして容子の日記から「２０１５年９月23日～２０１７年１月26日」までを掲載します。

【出会い】２０１６年2月19日記

あなたと初めて出会った日のことを覚えていますか。

18歳の終わりころ、友人の山田直子と一緒に大学の構内を歩いていたら、あなたは、たしか数人の芸研の仲間と一緒でしたよね。「社会学のノートを貸してほしい」と言いました。多分、遊んでいて、あまり授業に出なかったあなたたちが、まじめそうなクラスメートをつかまえる、という感じだったのでしょう。

山田直子は、すでにあなたたちグループとは知り合いでしたが、私は、顔は知っていても、そのとき初めて話をしたのだと思います。

私は、高校以来、まじめに授業を受けるタイプだったので、ちゃんとノートをとっていたと思います。自分と比べると、なんだか遊んでいるタイプのグループだなと感じて、あなたに対しても、それほど強烈な印象はもたなかったような気がします。でも、山田直子の知り合いでもあり、同じクラスの仲間なので、「いいわよ」と返事をしました。そのときの社会学の先生は、安食《あじき》先生という珍しい名前でした。

あなたにノートを貸してから、春休みがきて、あなたは故郷の岐阜に帰ったのですよね。そして突然、あなたから手紙がきました。ノートを借りたお礼と、岐阜の鵜《う》の小さな木彫りの置物が入っていました。私は、びっくりしたけれど、嬉《うれ》しくて返事を書きましたね。それから、少しずつ話をするようになったのでした。

その当時、私は、読書クラブの先輩と付き合ったり、大学生活で知り合った男性から手紙をもらったり、女子の少ない早稲田《わせだ》大学の毎日はウキウキで、おしゃれをして、学校に行くのが楽しみでした。

そんなときに、学園紛争が始まりました。校舎の封鎖、授業のボイコット、デモ、喫茶店などでの自主勉強……驚きの日々が始まりました。

その学園封鎖が幸いしてか、私たち学生は自主勉強と称して、喫茶店で集まっては、おしゃべりしたり、時にはプロレタリア文学などについて勉強会もしました。あなたとも話す機会が増え、授業は受けられなくなったけれど、一方で楽しい日々が始まりました。


新江戸川公園までおしゃべりしながら歩いたり、大学から私の家の近くの目白まで歩いたりもしました。お金もなかったし、50年も前のことなので、おしゃべりして、たまにお茶を飲むという程度でしたよね。

何を話していたのか……思い出せないのですが、別れるのがいやだなぁというほど、だんだん2人で一緒に過ごすようになっていきました。
岐阜出身のあなたと、東京育ちの私が出会ったのは、やはり「赤い糸」で結ばれていたのでしょうか。

《返信》

もちろん鮮明に覚えています。キミは緑色のコートを着て、山田直子と歩いていました。私が誰と歩いていたのかは忘れましたが、キミのことがわからなかったので、多分クラスの仲間と一緒じゃなかったと思います。もしかして1人だったのかも。とにかく山田直子と一緒にいる目のくりくりっとした女の子という印象でした。

あれは1年生の冬、不思議なものですね。4月から同じクラスでしかも出席番号も近いから、何度も顔を合わせているはずなのに、お互いにあのときが初対面のような感じでした。

私は休みになると岐阜に帰らなければならないので、社会学のノートを借りてから次の出会いはクラス会でした。そのときキミは、シャネル風のスーツを着ていました。何を話したか忘れたけど、だんだん私のなかでキミが大きな存在になっていきました。

だんだんと強く思うようになったときから、キミのためなら何でもしてあげたいと思うようになり、その思いは今もかわりません。

1年生の頃はろくに授業も出ないで、単位もいっぱい落としていた私が、4年で卒業できたのは、まったくもってキミのおかげでした。いいかげんな私を導いた母のような存在でもありました。キミと親しくなってからは、キミの家にも呼んでくれました。田舎育ちの私にはキミの家庭は上品な上流の家庭に思え、皆さんが温かかった。いつまでもキミと一緒にいたい、離れたくないという思いがだんだんと強くなっていきました。

あの頃はお金がないせいもあって、よく公園に行きましたね。新江戸川公園、甘泉園公園、江戸川公園、六義園《りくぎえん》、休みの日にも豊島園とか石神井《しゃくじい》公園、そこの日だまりの中で一緒にいるだけで幸せでした。

【大学生活】２０１６年２月24日記

大学のクラスは、アイウエオ順だったので、ミヤモト（宮本）とミキ（三木は容子の旧姓）は隣同士でした。私の前は、ミカミくんでした。そんなこともあって、いつも授業に一緒に出ては、出席の返事も私の次は、あなたでした。

あなたは卒論で石川啄木《たくぼく》を、私は宮沢賢治を選びました。同じ東北の人だったので、卒論の旅行も古谷先生や国文科の仲間と一緒に行きましたね。山形の立石寺、盛岡、仙台、野辺地《のへじ》、十和田、秋田と、芭蕉《ばしょう》の足跡を追う旅でしたが、その頃には、早く２人で旅行してみたいものだと思っていました。

その当時、大学の成績は、優良可、不可のほかに、優の上にさらに秀があり、私は優を集めることに必死でした。数科目を除いては優をとった私に比べたら、あなたは、可を取れればそれでいいのだという、のんびりした気持ちでいましたよね。

私は、90点とれても、100点をとれなかったことに悔やみ、あなたは、60点とれればそれでいいじゃない！　という姿勢を持ち続け、少しずつ、そうなのかもしれないと、影響を受けるようになってきました。そういう生き方もありかもと、驚きとともに、それで満足できれば楽なのだろうなぁと思いました。この違いが、それからの2人のあり方にも影響していきましたよね。

私の目白の家に遊びに来るようになり、一緒にご飯を食べ、麻雀《マージャン》をし、その当時、姉とお見合いをした内山さんとも仲良くなり、徹夜麻雀もしましたね。

それまでに付き合った人は何人かいましたが、家に連れて行ったのは、あなただけです。母があなたを気に入り、英ちゃんと呼んで、食事をおいしそうに、しかもやせているのにたくさん食べるあなたを、いつも喜んで迎えていました。

私が作っていった簡単なお弁当をあなたに食べてもらい、私は学食でうどんを食べたりして、学校内でも2人で行動することが多くなっていきました。「宮本と三木は仲がいい」と、クラスメートも知るようになっていました。

大学4年生になり、就職活動が始まりました。私は、児童文学の出版社、偕成社《かいせいしゃ》を受けるための学内選考を書類審査で落とされました。成績は抜群によかったのにと、落ち込みました。あなたは、新聞社や出版社を落ち、岐阜のお父様の勧めで、大手はつぶれないからということで、山崎製パンに入りました。

私は、就職活動に失敗し、将来どうしようかと思っていたら、ゼミの鳥越先生に偕成社に落ちたと話すと、なぜ自分に受けるという話をしなかったんだと言われ、教授の推薦がなければ落ちて当然だと言われて、東京書籍を紹介されました。でも残業が多いとのこと。どうしても就職しなければならない家庭環境でもなかったので、迷いました。

そんなとき、成女学園から国語の教師がほしいけれど、三木という卒業生がいるはずだと、教育学部長の川副《かわぞえ》先生からお話がありました。たまたま、国語の教師が1人退職することになり、三木がいた……ということになったようです。ラッキーなことでした。

入学したとき、教師になりたいという夢はあったけれど、まさかそんな話が転がり込んでくるなんて、信じられない思いでその誘いに飛びつきました。

あなたは、山崎製パンに、私は成女学園に無事就職が決まり、卒業単位も夏休みの特別講習を受けて、あなたはなんとか単位を取り、2人揃《そろ》って卒業の運びとなりました。椿山荘《ちんざんそう》での卒業謝恩会では、あなたは背広、私は振袖を着て、出席しましたね。あの年代、4年で卒業した男の学生は、少なかったと思います。

やっと社会人になり、親からお金をもらわずに自立でき、自由になれ、将来について具体的に考えられる日がきたなぁという思いでした。

一方で、それまでは、学校に行けば会えた日々でしたが、卒業したらお互いに仕事があり、会えなくなるのだろうなぁと漠然と考えていました。まだ、貯金は一銭もなく、結婚という言葉は、2人の間では出せませんでした。

《返信》

キミと出会ってから、私の学生生活は一変しました。ずぼらでいいかげんな性格のままでは嫌われてしまうかも知れないと思い、できるだけ清潔に、きっちりとしようと努力しました。お風呂も週2回くらいは行くようにして、洗濯も……洗濯は最後のほうはお願いしましたね。でも今と違って洗濯機もお湯もない中での洗濯はたいへんでした。

1〜2年生のときは、私は松戸の常盤平《ときわだいら》に住んでいました。初めて東京に出るにあたって姉のいる公団住宅の近くに住まわせるというのが親ごころだったのです。おかげで学校まで1時間半もかかって通学が大変でした。夕食も姉の家で作ってくれていたので、キミと出会ってからも夕方あまりゆっくりできませんでしたね。こんな私を2年間も世話をしてくれた姉夫婦には感謝しています。

そして3年生になったときから新井薬師のアパートに移りました。その頃はキミとの仲も大分進んでいて一緒にアパートを探してくれましたね。そして何の束縛もなく、キミを思うことがすべての生活が始まりました。

一人暮らしの私には朝起きて、学校に行ってキミと会う、キミと一緒に授業に出て、食事をして、とりとめのない話をして、別れる。そんな毎日でしたが、まさに私にとってバラ色の日々でした。

その頃には周りも2人が付き合ってることはわかっていたので、どこに行くにも一緒でした。学校の成績はとてもキミにはかないませんでした。まともにやってもかなわないので、わざと勉強をしないで、余裕ぶっていたこともありますが、負けるのが悔しくて。あまりそちらの面は見ないようにしていました。

卒論旅行の東北は学生時代の一番楽しい思い出です。キミの家に迎えに行って、お母さんから「よろしくお願いします」と言われたときは新婚旅行にでも行くような感じでした。夜行列車で上野を出発し、朝一番で盛岡に到着、駅のホームで顔を洗いましたね。どういうルートだったのかなぁ。あまり思い出せないけど、盛岡で石川啄木記念館に行って、花巻で宮沢清六さんにお会いして、平泉の中尊寺に泊まったね。それから松島を見て、芭蕉の山寺でも泊まったね。日本海に出て、山形県の吹浦《ふくら》、それから十和田湖にも行きました。たしか10月の初めだと思ったけど、もう十和田湖の旅館ではストーブを焚《た》いていて気温の違いにびっくりしたものでした。

十和田湖でボートに乗ったときの写真がありましたね。翌日は奥入瀬《おいらせ》渓谷を歩いて散策、あの紅葉の美しさは初めて見るものでした。そしてバスで八甲田を通って青森の野辺地で終点。青森駅で青函《せいかん》連絡船を見ながら今度は絶対キミと北海道に行こうと決めていました。当時、プロポーズの言葉は覚えていませんが、2人が結婚することはお互いに了解済みだったと覚えています。

就職について、当時は優の数で学校推薦の会社が決まっていて、まじめに勉強しなかったつけが回ってきて、第一志望の出版系は全部だめでした。しかたなく義兄の清弘ちゃんの勧めで山崎製パンを受けたら合格。あとでわかったことですが、当時の山崎製パンは急成長の会社で大卒を300人、高卒も1000人近くも採用していて、誰でも合格したそうです。

そして配属は実家が岐阜ということで単純に名古屋工場、個人の事情まで斟酌《しんしゃく》する余裕もなかったと思います。でもこれには困りました。今なら岐阜と東京くらい遠距離恋愛にも入らないかも知れませんが、当時は永遠の別れのような気がしていました。「縁がなかったのね」キミがふともらしたその言葉に納得できませんでした。

それから必死になって他の会社の就職試験を受けたりしましたが、結局先生（誰だったか覚えていませんが）に山崎製パンの人を紹介していただき、子会社のスーパーヤマザキに決まり、２人の将来の生活に向かって一歩踏み出していけました。

もうひとつ、当時のことで思い出深いのは、いつの頃からかキミは猫を飼いだしましたね。付き合い始めた頃にはまだ飼っていなかったと思うけど、付き合いがごく初期の頃だったかなァ。突然キミは家の近くで鳴いていた子猫を拾って飼いだしました。私も猫が好きだったこともあり、それも２人の仲を近づけた一因でした。

キミが大学の授業に来ないので心配して電話したら（キミの家に電話すると声のそっくりなキミの姉さんが出て、いつもからかわれていました）「猫が行方不明になったから探している」と言われて一緒に探したりしましたね。最初の猫はチョロでしたね。それからだんだん猫の数も増えて、キミの動物への愛情も深くなって、2人で動物を飼うことが今の小春へと続いているんですね。

《返信への返信》

「縁がなかったのね」という言葉、ごめんなさいね。

あの当時、名古屋と東京は、かなり遠距離の感じでしたよね。多分、名古屋に行ったら、もう会えないと思ったのでしょう。でも、仕事を捨てても近くで暮らすという考えが多分、私にはなかったのですよね。

結婚ということが、就職するということで、気持ちの中で遠のいていたのかもしれませんね。あなたが東京で、勤められるように動いてくれたことで、今があるのですよね。あなたの私に対する愛情でしたね。感謝しています。

「縁」って、本当にあるのだと思います。どんなに好きでも、一緒になれない人もいるし、どこかですれちがって、一緒になれない人もいます。あの、社会学のノートの一件がなければ、多分あなたと知り合うこともなかったと思うと、あの一瞬に思いが戻ります。

【結婚まで】

社会人としてスタートするにあたり、あなたは、山崎製パンの名古屋工場の営業部に配属となりました。私の学校は、新宿。このまま名古屋と新宿で離ればなれになるのか……と思ったのですが、大学の先輩のツテで、あなたはスーパーヤマザキに配属してもらうよう働き掛け、離ればなれになることが避けられました。初任給が3万円くらい。2人とも同じくらいでしたね。

スーパーでの仕事は、大変なようでした。土日は休めず、忙しい日々が2人とも続きました。私は、1年目は副担任でしたが、2年目からは高二の担任となり、いっぱいいっぱいの日々でした。

ともかくお金がなければ結婚できないと、あなたの給料から毎月貯金したのだけれど、親元から離れた生活だったので、なかなかたまりませんでした。しかも、私が休みの日曜日には、あなたが仕事。あなたの休みの水曜日には、私が職員会議で遅い……会うこともままならない日々が続きました。

しかも、私は、父親の夕食を作らなければならず、夜会うことも難しかったので、そのまま続けば、長すぎた春で、結婚までいけたかどうか……見かねた姉が早稲田大学の大隈《おおくま》会館に知り合いがいるので、そこで式をあげたらと、お節介してくれたのです。たまたま5月21日があいているということで、貯金も十分たまらない社会人3年目に、あっという間に結婚ということになってしまいました。

誰かが背中を押してくれなければ、25歳で結婚は無理だったのだと思います。

私は、担任していた生徒たちが卒業するのと同時に成女学園をやめ、水曜日が休めるように、4月から中野の実践商業高校の国語の講師になりました。そうするしか休みを一緒に過ごすことは無理だったのです。

あなたからはっきりしたプロポーズの言葉って、あったのかなぁ。思い出せません。

まぁ、2人で働けば、なんとか暮らしていけるか、程度の、あまい見通しでの結婚でした。

《返信》

私の社会人生活はスーパーの魚屋さんから始まりました。それから最終的には雑貨売り場でした。当時は本部などはなくて、所詮いつまで経ってもスーパーの店員ということで半分なめていましたし、ホワイトカラーに憧れていたので、やる気もなくしていました。そんな生活の中で、キミとの結婚だけが大きな目標でした。給料3万3千円の中から毎月1万円をキミに渡して積み立ててもらっていました。

でも社会人となってからの時間のなさ、すれ違いの多さ、学生時代はほぼ毎日一緒にいただけに、余計淋《さみ》しく感じました。

新宿の「レストラン・ケルン」を覚えていますか？　私が休みの水曜日に4時頃から先に行ってキミを待っていました。キミは職員会議とかで5時過ぎまで出られなくて、それから6時半頃くらいまで、キミを家まで送って行きがてらの時間が2人のいつもの短い、短いデートでした。そんな生活を3年間も続けてきたんですね。出会ってから7年、人から見ればたしかに永い春でした。でも2人には充実した楽しい毎日でした。

私は、最初は東久留米市《ひがしくるめし》の会社の寮に入り、それから明大前のアパートに移りました。そしていよいよ結婚が近くなって、2人で新居のアパートを探しに行きましたね。末っ子のキミが結婚すると、キミの実家は仕事をもっているお母さんと変則的な帰宅をするお父さんの2人になるため、私が両親の世話をしたいというキミの要望で実家から歩いて5分のところに借りました。

私としては職場からも遠いし（当時は小田急線の鶴川に勤務していました）、末っ子だからといって何も君一人が背負い込まなくてもと思ったのですが、キミは昔から自分のことより、周りの人を気遣う人でしたね。そのときはキミのお母さんへの強い愛情と思って、妥協しました。

そして洗濯機とか掃除機とかを買って、いよいよ結婚するんだと実感したものでした。

《返信への返信》

新宿のケルン、今はもうなくなったお店ですが、結婚までの数年間、会うのはいつもケルンでしたね。やっと会える水曜日なのに、私はいつも帰りが遅く、走るようにしてケルンに向かいました。新人教師で余裕がなく、職員会議が水曜日で、クタクタの日々でした。

私がなんとか勤められたのは、卒業生というみんなのあまい目があったからで、教師としては力不足だったと思っていました。あの頃を思い出すと、家に帰れば、父の食事の支度、毎日の予習復習、雑務に追われ、土日は、姉一家が子供を連れてきて、疲れ果てていたし、頑張りすぎて、いっぱいいっぱいで、結婚することが気持ちの中から遠のいていたと思います。

あなたと会っても、気持ちの切り替えができないほど、生活のしかたが下手だったと思います。

【結婚】２０１６年３月５日記

昭和47（１９７２）年5月21日、早稲田大学構内にある大隈会館で結婚式を挙げました。当日は、初夏のようなさわやかな天候に恵まれ、家族、友人、会社の方たちに出席していただき、幸せなときを迎えました。私は、式はウェディングドレス、披露宴は日本髪のカツラを被《かぶ》り、真っ赤な振袖を着ました。写真を見ると、亡くなった兄も元気な姿だったし、両親も若かったし、仲良しの姉、恭子は、6月に出産を控えていて、式には出られませんでした。岐阜からは、ご両親や兄夫婦、妹が前日に出てきて、朝霞テックという遊園地の宿泊施設に泊まっていました。

昔のことなので、新婚旅行を海外に、という人は少なく、私たちも軽井沢、金沢、最終日は岐阜の実家にあいさつして帰るというコースでした。式当日は、遅くなるので帝国ホテルに泊まりました。

ディナーくらいホテルで奮発すればいいものを、お金のない若い夫婦には、身分違いのホテルだったので、銀座の街に出て身に合った洋食を食べましたね。この日が、まさに2人の初夜でした。

次の日、軽井沢に向かう電車で、2人の性格が違うことを実感したことを覚えています。発車まであと数分しかないときに、あなたが新聞やお菓子をホームの売店で買ってくると言って、席に座っている私を残して電車を下りてしまいました。「遅れないでね」といったにもかかわらず、ドアが閉まっても、あなたは席に戻ってきませんでした。あわてましたよ、私。

すると、ニコニコしながら、別の車両から乗りこんで、ゆっくり歩いてくるあなたの姿が……。

この、のんびりさと、私の慎重でせっかちな性格とが、ずっと、お互いを助け合うこともあり、ぶつかり合うこともある……と、かすかに予感させたプチ事件でした。

軽井沢では万平ホテルという、やはり格式あるホテルに泊まり、金沢では浅田屋という、やはり由緒ある旅館に泊まりましたね。お金のない私たちの、せめてもの贅沢《ぜいたく》でした。

岐阜のあなたの実家では、ご両親が温かく待っていてくれました。この日からお二人が亡くなるまで、私にとっては、世界一の両親でした。

「容子さん」と呼んで、いつ行っても、温かく、優しく迎えてくれました。「盆と暮れには、岐阜に帰ってきてください。それだけが、私たちのお願いです」と、お父様から言われました。

お正月は、あなたの実家で過ごすのだということは、簡単なことのようで、大変なことでもありました。あなたは、スーパーに配属されていたので、年末は大みそかの夜遅くまで仕事。私は拓（長男）をおぶって、年末に岐阜に行き、大掃除を手伝ったりもしました。でも、宮本の家に嫁いだという意識をしっかりもつ、いい機会でもあり、お正月にはどんな料理を作るのか、あなたが育ってきた家の台所の様子などを見聞きする、いい機会にもなりました。

岐阜の母は、明るくて、積極的で、優しくて、いつも生真面目な父を助けている様子でした。父は、母がいなければ、1日も過ごせないような夫婦でした。実家の仕事は事務服やシーツなどを作っていたので、父と母は、いつも同じところで働き、一緒に3食ご飯を食べるという生活でした。義兄夫婦も、父の仕事を手伝い、それぞれが別々の時間を過ごしてきた家庭で育った私には、別世界に感じました。
関西と関東では、食べるものも違い、味付けも違い、言葉も違い、いろいろな違いのある中で、岐阜の家族は、よく私を温かく迎えてくれていたなぁと感謝の思いです。

《返信》
結婚式の日はよく晴れた日でした。披露宴ではキミの友達が歌を歌ってくれたりして華やかなものになりましたね。
大隈庭園の新緑の中、真っ白なキミのウェディングドレスが映えてましたね。5月の陽光の下、大隈庭園で撮った記念撮影の記憶がまだあります。キミの指に指輪を嵌《は》めるとき手が震えてなかなかうまく入りませんでした。

新婚旅行には、黄色い半袖のポロシャツをペアで着て出かけましたね。当時ペアルックが流行《はや》ってきていたのですが、どちらかというと古風な私たちにとって、独身の間はなかなか買えなかったので、初めてのペアのシャツでした。あのシャツはお金のない僕たちが新婚旅行用にちょっと無理して買ったシャツだったので、それからしばらくは2人のお出かけのときの定番でしたね。

本当は海外にでも行きたかったけど、予算の都合とキミが飛行機に乗りたくないと言ったので、列車で軽井沢—金沢—岐阜というコースになりました。軽井沢ではレンタカーで1日ドライブをしましたが、まだ車をもっていない我々にとっては初めてのドライブでした。

金沢ではボウリングをしましたね。夜には花札をして、女中さんから布団を畳んだら花札が1枚落ちてましたと言われたこともありました。あの頃からおとなしく観光するよりも、一緒に遊ぶほうが好きな2人でした。そして岐阜では鵜飼《うかい》を見にいきましたね。キミのきらいな鮎《あゆ》づくしの料理には困ったでしょうが、頑張って食べてましたね。

【結婚生活】

結婚後の住まいは、あなたが借りていた目白駅から徒歩10分ほどの、目白通りから2軒中に入った、木造アパートの鈴木荘でした。

6畳の和室と3畳くらいの台所、トイレ。お風呂もありませんでした。私の実家まで、徒歩で5分ほどだったので、私は、お風呂屋に行くより、実家でお風呂に入る生活。

それでも、たまには、近くのお風呂屋に行き、「神田川」の歌の世界のように、入口で待ち合わせて帰ったりしましたね。お風呂がなくても、狭いアパートでも、幸せな日々でした。

そんな日々の中で、拓の妊娠が分かりました。近くの聖母病院の産科は、とてもよいということで、妊娠2か月でなければ、予約がとれないほどの人気の病院でした。姉の恭子もここで出産し、母が見舞いにくるにも近いということもあり、かなり入院費が高かったのですが、ここで受診することにしました。

ところが、最初に受診した日に、先生から子宮筋腫があり、胎児が育たないかもしれないので、妊娠5か月になったら手術をして、筋腫をとりましょうと言われ、講師の仕事はすぐやめて安静の日々を送らなければ子供は流産します、と言われました。

共働きしなければ、生活はできない状況だったけれど、子供を産むことが一番と2人で決め、講師の仕事を辞めました。

結局、5か月で手術することはなく、はらはらしながらも臨月を迎えて、帝王切開で出産し、子宮筋腫だといわれていたのは、実は卵巣のう腫だったということで左の卵巣も摘出しました。腐ったようになっていた卵巣はかなり大きく、胎児の成長を邪魔していて、産まれてきた拓は未熟児でした。

どんなことでも、自分で切り拓《ひら》く子供になってほしいという願いをこめて、二人で知恵を絞り、「拓」と名付け、私は26歳、あなたはまだ25歳という若い親として、育児に一生懸命な日々になりました。

拓を産んで、目白の家で過ごしていましたが、アパートに帰ってからは、拓を乳母車に乗せて実家にお風呂に入りに行く生活も大変になり、あなたの勤務先近くの小平に小さな借家を見つけて、引っ越すことにしました。

6畳、4畳半、お風呂、台所のついた、マッチ箱のような一戸建ての借家でした。同じ借家が8軒並ぶところで、子供のいる家庭が多く、みんなとてとても仲良しになり、一緒におつかいに行ったり、子供を預けたり、預かったりと……貧しいながらも、拓の成長を楽しみながら、目白に比べたら田舎でしたが、これが結婚生活なのだと実感した日々でした。

そのうち、あなたは転勤になり、私は2人目を妊娠しました。スーパーの鶴川店勤務で、多摩川を渡って通勤時間にかなり時間がかかるところだったので、鶴川店の社宅に引っ越すことにしました。

社宅なので、家賃が少し安くなり、あなたは近くで働いていてくれるし、家も広くなりました。

団地の一室で、3DKでした。家は一歩一歩、グレードアップして行きました。

圭司も聖母病院で出産し、私が入院中、姉の内山家に拓を預かってもらい、産後は、鶴川に岐阜の母に出て来てもらい、面倒を見てもらいました。圭司は2900グラムあったので、拓に比べると肉もついていて、育てるのが楽な感じがしました。

この鶴川でも、知り合いがたくさんできて、楽しい日々を過ごしました。

毎日の買い物は、あなたのいるスーパーで済ますしかなかったのですが、ときどきあなたと店内でバッタリ出会ってしまうと、お互いに照れくさくて、困ったこともありましたね。ここで拓は、慶松幼稚園に入りました。人気の幼稚園で、入園申し込みのときには、あなたがまだ暗いうちから並んでくれましたね。2人の男の子に恵まれ、私たちは、子育てては一緒に遊ぶことと考えて、休みの日にはお弁当を持ち、広場などで走り回らせることばかりしていました。

走り疲れると、子供はご飯もたくさん食べ、ぐっすり眠る……これが子育てで大切なことなのだと思っていました。

でも、あなたは、世の中の人が休む土日には休めなかったので、私は、土日に家族で楽しんでいる人たちを見ると、つまらなくて、圭司を背負い、拓の手を引いて、目白の母のところに出かけていました。鶴川から混んでいる小田急線に乗り、新宿で乗り換えて、歩いて……あの頃、私も若かったのね。

母の作ってくれる食事を食べ、小遣いももらい、満足して鶴川に帰る……親離れもできなかった私だったのかも知れません。

《返信》

それから楽しい新婚生活が始まると思ったのですが、キミの妊娠が判《わか》ると同時に子宮筋腫で、切迫流産、安静にしなければいけないということで、どうしていいかわからずおっかなびっくりの生活でした。

幸いキミの実家が近かったお陰でお母さんにも助けてもらい、なんとか拓を出産することができました。出産の日、キミは前日から家の中をきれいに片付け、「出産というのは女性にとっては命がけのことなの」と言って出かけました。

病院の昼の食事は煮魚でした。普段あんまり煮魚を食べないキミがそのときだけは全部残さず食べましたね。そしていよいよ出産となってからも大変でした。帝王切開なので陣痛とか関係なく手術が始まるのですが、直前になって胎児の心音が聞こえないとか、へその緒が首に巻き付いているとか言われ、看護婦さんが走り回るなか、ただ祈るだけでした。お祈りの甲斐《かい》があったのかやがて無事元気な男の子を出産してくれました。産まれたのが男の子と聞いてキミは「これであなたが喜んでくれると思った」と言っていましたが、私は男でも女でもこだわりはなかったのですが、キミは宮本の家に嫁いできて、跡取りを出産したという昔気質《むかしかたぎ》なところがありましたね。

最初は目白から東久留米市まで通っていたのですが、あるときアパートの下の家がボヤを出す騒ぎがあって、2人とも心配になり、勤め先の近くの小平市に引っ越しました。借家とはいえ、一戸建ての家で、私も一家の主《あるじ》になったことを実感したものでした。仕事先からは車で10分かからない近さで、あるとき岐阜の家から贈ってくれた鯉《こい》のぼりが風を孕《はら》んで危ないから降ろしに帰ってきてくれ、とキミから電話を受けて帰ったこともありました。

子育ては楽しかったね。拓はキミの方針どおりに自由にのびのびとちょっとやんちゃに育ちました。子供用の自転車を買ってやったら補助輪など1週間で外して鶴川団地の太陽の広場を走り回っていましたね。

あのころ拓は何回も大けがをして心配させられました。団地の5階の子をからかって上から超合金のおもちゃを頭に落とされたこと、アイスキャンデーの棒を咥《くわ》えたままテーブルから飛び降りて喉に刺さったこと、輪ゴム鉄砲を作っていて、カッターナイフで指を縦に1センチ近く切ってしまったこと。数え上げればきりがないほどびっくりすることがありました。その都度キミは病院の先生に叱られたり、近所の人に謝ったりしながら乗り切ってきました。でもそんなことがあっても、キミは子供を家に縛り付けたりはしませんでしたね。

【マイホーム取得】２０１６年３月６日記

拓が小学校に入学する日が近くなり、あなたがまた転勤になり、公団車返《くるまがえし》団地に引っ越すことになりました。３部屋がベランダに面している、ベランダでキャッチボールができそうな、我々にとっては夢のような３ＤＫでした。頭金がたりなくて、１００万円を千葉さんから借りて、ボーナスで、銀行の利息をつけて5回で返しました。拓が小学校に入り、圭司がその後、３年間保育園に入って、拓が４年生になるまでの４年間、車返団地で暮らしました。

ここで、またたくさんの友人ができました。深山すみ子さんとは、圭司の保育園の役員仲間として知り合いました。同じ階段に住む関谷さん、松井さん、保育園仲間の土橋さん……子供たちが、私の友人を作ってくれました。

この頃、生活は大変だったので車を手放しました。そして、私も働くことを考え、旺文社の螢雪サークルという受験指導の試験を受け、大学入試の模擬試験の採点、小論文の添削の仕事を始めました。

子供たちが家に帰る時間には、仕事をしないというルールを決め、内職としてスタートしました。内職なので単価は安く、割に合わない仕事でしたが、親に頼ることもできず、あなたも仕事が忙しい盛りでしたから、締め切りに間に合わないときには、子供たちが寝たあと、徹夜で仕事をしたこともあります。

私が子供の頃、母は小唄の師匠として夜も働き、女中さんのいる生活で、母親や、ましてや父親と遊んだ記憶がなかったので、私の子育ての原点は、自分の親の反面教師をめざしていたのかなと思います。

おやつも手作り、子供とは目いっぱい一緒に過ごす……そんな生活をすることに、私もあなたも喜びを感じていたと思います。子供は、友達と元気に走り回り、家に友達を呼び、いつも家には親が待っているという安心感の中で、成長していってくれればと思っていました。

団地生活の1階の部屋でしたが、同じ階段では、騒音問題でもめている家庭があり、なんとか子供たちを音など気にさせずに元気いっぱい過ごさせたい、もっと広い家に住みたいという思いが、だんだん強くなってきた頃、あなたの勤務先が千葉県の市川に移るという話が持ち上がりました。

市川なら、千葉県に住んでもいいかも……と、袖ヶ浦市長浦にある三井の分譲住宅を見学するバスツアーに参加してみました。子供たちも連れて遠足気分でしたよね。

一目見て、気に入ってしまった一戸建て。他も見ずに、即決しましたよね。

圭司が小学校に入る時期というのも、引っ越しのきっかけでした。車返団地は、4年間しか住まなかったので、たしか800万円ほどが長浦の頭金になったと記憶しています。それでも、抱えるローンは大変な金額でしたよね。

1階に3部屋、2階に3部屋と庭もある、十分すぎるほどの広さの新築一戸建てでした。子供たちは個室になりました。

駅まで少し距離があるので、まずは当時流行っていたラッタッタ（原付）の免許を取り、圭司が小学3年生のときには車の免許も取って、少し不便な長浦での生活も、なんとかクリアできるようになりました。

私は仕事を変えました。進研ゼミで赤ペン先生をスタートし、声の教育社という受験出版社で試験問題の解答と解説づくりをし、その後、市進の試験を受けて、外注の仕事でしたが、かなりの金額、働けるようになりました。途中、歯医者の受付と称して、助手の仕事も1年間やりましたが、これは人間関係の難しさで、やめてしまいました。

働かなければ、やっていけない日々でしたが、子供たちの勉強を放っておくことはできず、空いている時間に私塾を開き、拓の勉強を見ました。圭司は、低学年のうちは、しっかり勉強していて心配なかったので、進研ゼミの教材を使ったりして勉強させました。子供たちの勉強については、あなたは私任せでしたよね。

目白の実家には遠くなりましたが、長浦に家を買ったことで、やっと2人の生活の基盤が完成しましたね。

子供たちもサッカークラブに入り、長浦でたくさん友達も作り、いろいろなことがうまくいくと思っていたら、またまたあなたが転勤となりました。

しかも、海を越えて、高知へ。

《返信》

府中の車返団地での生活は楽しいものでした。私も本社勤めになり、土日が休みになったので、休日には家族全員お弁当をもって多摩川に行き土手滑りや水遊びをして1日中遊びましたね。その頃から河原でバーべキューをしたり、アウトドア生活にはまっていきました。

キミは、どちらかというと東京のお嬢さんであまりワイルドなことは経験がなかったのですが、私は中学までボーイスカウトで毎年キャンプに行っていたのでアウトドアが大好き。それでもお金がかからなくて子供たちが喜ぶので付き合っているうちに、だんだんキミもアウトドアの虜《とりこ》になっていきましたね。

関谷さんと西湖の畔《ほとり》のバンガローでキャンプもしました。そのうちにテントも買って、タープ、コンロと、だんだん我が家全員の趣味になっていきました。その頃は子供たちもスポーツをやっていなかったので、休みの日にはいつもみんなで出かけていましたね。

千葉の長浦では憧れの一戸建てマイホーム。60坪くらいあったので庭も広く、一部を菜園にしたりしましたね。私も野菜を作ったのは生まれて初めてだったのですが、意外だったのは若いときからマンション暮らしで土いじりに縁のなさそうなキミが、野菜の作り方に詳しかったことです。おかげでおいしい野菜がいっぱい食べられました。

でも、長浦では子供たちが2人とも地元のサッカーチームに入ったために休みの過ごし方は一変しました。日曜のたびに子供たちはサッカーの練習で、試合があると私は子供たちのアッシー君。だんだん子供たちはサッカー中心の生活となり、われわれから離れてゆきました。

夏休みになってもサッカーの合宿に2人とも行ってしまい、夫婦2人きりになることもありました。そんなときは2人でテントをもってキャンプに行きましたね。富士山の麓や長野県などで2泊とか3泊しながら、アウトドア生活を楽しんでいました。

その頃からキミは洋裁を始めたんだね。お姉さんから貰《もら》ったミシンで子供たちの服や、姪《めい》の素子の服、正式に習ったわけではないけど、本や型紙などを見て器用に作っていました。私も革細工を始めて2人の手作りの趣味が始まりました。

容子の日記から

2人の紡いできた物語は、おいおい追加していくことにして、これからは「今、今日」、思ったことを書いていこうと思います。

残念ながら、私の余生は、少なくなりつつあるようで、それを否定し、考えないように、生きたいけれど、思っていることを書かなければ不安で押しつぶされそう。

2015年9月23日

お願い
☆人工呼吸、胃ろうなど延命治療は絶対にしないでくださいね。
☆葬儀は家族だけでお願いします。
三木謙二、圭子
千葉節子
内山宏、恭子
宮本拓一家
宮本圭司一家
友人代表　深山すみ子
これだけで十分です。私の大切にしてきた家族にしっかり立ち会って
もらえればと思います。
山崎製パンの葬儀のパンフレットが他の書類などの入っているクロー

ゼットにあります。
お通夜なしの1日だけの葬儀、テレビで見たけれど、できたらそれがいいな。

☆棺《ひつぎ》の中の私にかけてほしいものがあります。納戸の桐《きり》の衣装箱の中にある留袖。お母さんが私のために作ってくれたのに、着る機会がなく、圭司の結婚式の1週間あとにあったことを思い出した着物です。花恋の結婚式に出られないけど、留袖を着た私を、拓、思い出してね。

2015年9月29日
9月27日、28日、八ヶ岳わんわんパラダイスへ、小春を連れて1泊旅

言う。

行。元気に行けてよかった。

夜、英司が、抗がん剤治療で少しでも望みがあるならやってほしいと

私は、ずっと直前までやりたくない思いの方が強いが、英司への最後

の愛情だと考えて、やると答えた。

でも、頑張るとは言えなかった――。

何を頑張ったらいいのだろう。

英司へ。強く生きてほしい。私がいなくなっても、私と生きた年月は、

英司の中に残っているのだから、強く生きてほしいです。

仲間を作って、楽しく生きてほしいです。

2015年10月3日

夜中に何度か、点滴の入ったペットボトルのようなものが気になり目が覚めた。

朝、吐き気止めの薬が出るというので、食堂にお茶を買いに行ったら冷たいものしか売っていないので、自販機で購入。

手に取って、びっくり。手が痺《しび》れる。冷たいものを触らないときは、痺れ感がなくホッとしていたけれど、ペットボトルを触ると両手とも痺れる。副作用第一弾だ。確実に抗がん剤は、私の体の中に入って、正常な細胞も壊しているのだ。

考えると辛《つら》くなるので、テレビを見たり、本を読んで気を紛らわせている。

90パーセントの確率で痺れはひどくなり、物をもつこともできなくなったら、その抗がん剤をしばらく休むという説明を受けた。

ミシンをかけられるのか、織り機は使えるのか、台所に立てるのか、水を使って野菜を洗えるのか……不安がいっぱい。

いきものがかりの「ＹＥＬＬ」いい歌だ。

家に帰ったら覚えよう。

２０１６年３月８日

今日は、抗癌剤《こうがんざい》８回目の点滴をして、５日目。しびれ、耳鳴り、体の中が自分のものではない不快感……副作用はたくさんあるけれど、耐えられない副作用ではない。

治療することで、少しでも延命ができるなら、もっと生きたい。もっとあなたと楽しい日々を過ごしたい。子供たちとも、一緒にいたい。そんな気持ちになっています。

毎日、簡単な仏壇ですけれど、「神様仏様」に、「両親たち、ご先祖様」に、パワーをください、守ってください、と祈り、生きることにしがみつきたい思いです。

だって、やっとあなたと、ゆとりのある日々が迎えられ、これからというときなんですものね。一緒にもっともっと楽しみたいね。今までできなかったことも、まだやってみたいね。

あなたが私にいろいろ尽くしてくれた分のお返しもしないとね。

頑張って、生きたいよ。

2016年3月10日

昨日で、陶芸展が終わりましたね。大雨の中でしたが、行けて良かったです。

私が病気になって、あなたは、なにもかもやめると言い出しましたね。陶芸も休まざるをえない日々が続き、申し訳ないことをしました。

でも、なんとか続けられて、良かった。みんなが褒めていましたね。陶芸は、多分、あなたに合っているものだと思います。あなたらしい、あたたかみのある、すてきな作品の数々ができましたね。

いいものは、来てくれた人にプレゼントしてしまうものが多かったけれど、今回も、みんなへの感謝を込めて、あなたの作品をみんなの手元にお渡しして、さらにもっといいものを作ってね。

私も、あなたがほめられて、とてもうれしいです。

昨日は、兄の謙二夫婦にも会いました。癌の話もやっとできて、ある意味、嘘《うそ》のない会話ができるようになって、ホッとしています。末っ子なのだから、みんなより長生きしたいというのは、私の本音です。年上の姉や兄に、悲しい思いをさせたくはないです。

兄たちが妹を亡くした悲しみは、言葉につくせない思いだと思うから、私は、元気に対応して、本当に元気でいたいよ。

今日は、深山さんがお昼ご飯をもって、我が家に来ました。彼女なりに心配して、私をはげましているのだと思うと、やはり申し訳ない思い。

もっともっと一緒に遊びたいね。

2016年3月11日

東日本大震災から5年。

5年前の今日、私は小春とマンションにいました。あなたは、平塚まで仕事に行っていました。ものすごい揺れで怖かったけれど、あんな大事故が起きるなんて思わず、あなたは運よくホテルがとれて、平塚に泊まることになったのも、平静に受け止められました。

大震災が起きたのだと知って、夜中にひとりでいることがこわくなり、あなたは、私たちの心配もあまりしないで、のんびりしているなぁと思いましたが、子供たちも無事だったことがわかり、小春を抱いて、朝までなんとか過ごしました。

命は、紙一重。もし……地震がもう少し神奈川よりで起きたら、私たちだって命をなくしていたかもしれないし、命が今あるということは、「運」としか考えようがないですね。

肺動脈血栓症のとき、一度あの世を見たのに、助かったのも、運がよかったからなのでしょう。今、生きているのも、神様か仏様が、まだ生きていろよと言ってくれているのでしょう。

今朝は、まだ副作用が強く、起きられなかったけれど、なんとか昼に栄養のあるものを食べたし、きっと回復すると信じて、まだまだ楽しい日々が待っていると信じて、あきらめないでいるからね。

あきらめたら、あっという間に、運にも見放され、死んでしまいそうだもの。

2016年3月16日

3月13日から1泊で伊豆高原の旅に小春を連れて出かけました。抗癌剤の副作用で、行けるかなあ……という感じでしたが、行けて本当によかったです。

2人で麻雀ゲームをしながら貯金したお金で、おいしいものを食べたり、おみやげを買ったり、無理なく楽しめましたね。

伊豆高原駅前の桜もきれいだったし、小春とあなたと、一緒に過ごす時間は貴重です。これからもあちこち出掛けたいわね。

まずは、あさっての検査結果待ちだけれど、北海道に行けるように、元気でいないとね。神様、仏様、ご先祖様、私をもっと長生きさせて。

2016年3月22日

3月18日のCTの結果、転移なしとわかり、抗癌剤治療が8回で終了。

終わってみると、あんなに副作用の苦しかった治療でも、何もしないことへの不安感が出てきて、少しこわい。

恭ちゃんが快気祝いだとワインを送ってくれたりしたけれど、本当は、快気じゃないんだけれどね。

いつ転移再発するかわからない状況を、こわごわ待つのみ。

でも、先生も「どうしようもないんだから、楽しく過ごすほうが得だな」と、「たくさん旅行の計画をしたり、楽しいことを計画するほうがいいのだ」と思っているよ。昨日は、拓と圭司たちが来て、合同誕生会をしたね。今までより、気持ちも明るく、楽しく、それほど疲れずに過ごすことができて、幸せだった……。

拓と圭司は、私の宝物だから、2人をなるべく悲しませたり、つらい思いをさせたくない。

元気な母親でいられるように、神様仏様、私を守ってくださいね。

2016年3月25日

抗癌剤の副作用か、爪が痛い。指先も痛い。

北海道旅行にちゃんと行けるのか……不安……。

あなたが夢中になって、旅行を計画している様子を見ると、なんとか元気に一緒に旅行したい。

昨日は、気功の特別レッスンに成城学園まで出掛けた。私も来月から少しずつ気功をやって、体力をつけないとね。

圭司の検査が異常なしとメールがきました。何より。

圭司の背負うものは、みんな私が背負ってやりたい。元気でいてね、圭司。

２０１６年３月30日

桜が満開になってきました。今年の桜は、悲しい色です。来年の桜が見られるのか、きっとあなたも不安な気持ちでいるのだと思います。

いくら前向きに考えようと思っても、現実は……。今年が最後のお花見かもしれないと思うと、桜の花の色も、悲しみ色になってしまいます。

桜の花が咲くまでは、元気でいたいと願ってきたので、今度は、北海道に行くまでと延ばせたね。こうして、少しずつ楽しみを作って、元気でいられるように、頑張るよ。

2016年4月3日

3月31日から4月1日に、深山さんと葉山までのプチ旅行をしました。友と旅行ができるようになるまで回復したことは、とってても嬉しいです。無理のないダラダラ旅行でしたが、深山さんとのおしゃべりは、自然体で生きている彼女のよさを感じて、楽しかったです。

昨日は、左手親指関節の痛みがひどくて、骨に転移したのかと不安になりましたが、今朝痛みがないので忘れることにします。

体力のなさ、足の痛みなど気になることはたくさんあるけれど、自分の家で楽しく過ごせる幸せは何物にも代えられません。感謝の日々よ。

2016年4月10日

桜がとうとう散ってしまいます。お花見を目標にしてきたのが、北海道旅行を目標、に変わりました。

足の痛み、手のしびれや痛みのほかに、昨晩からは胃のつかえ、不快感がでてきて、不安が募ります。

でも、転移していたとしても、検査の日までは、しかたないことなのだと気持ちを据えなければ、どうしようもない状態なのですよね。

自分の体に自信がない分、不安も大きく、今朝は朝食後に寝てしまいました。

癌が転移したら、痛みがひどいのかなぁ……と思うと、夜中に目が覚めてしまいます。

奇跡は、起きないのかなぁ……。

畑は、夏野菜の準備に入りましたね。元気であなたの採った夏野菜を料理し、食べることができますように。

2016年5月6日

しばらくぶりの書き込み。

洗面所の日めくりを破くたびに、自分の命がけずられていくようで、不安な日々が続き、言葉にすることがこわくなっています。

北海道旅行が近づいてきましたね。楽しみにしていた旅行。無事に行けますように。

今日は、病院です。毎日、転移しないように祈りながら、過ごしてきました。

どうぞ神様、あなたとの日々が続くよう、私にパワーをください。

2016年6月16日

無事に北海道旅行に行けましたね。

あなたが望んでいた北海道の地を2人で踏めたことは、幸せなことでした。数日前から抗癌剤の副作用で足の裏や手のひらが痛み、行けるか不安でしたが、なんとか行けて本当によかったです。ギリギリセーフの旅でしたが、札幌で拓と会えたことも大きな喜びでした。

私にとっては、拓と圭司が宝物です。

お金はかかりましたが、2人で行けたことは大きな思い出になって残りました。

ありがとう。

2016年6月16日

内山夫妻と熱海《あたみ》にも行けましたね。古希祝いの旅行の計画については、ちょっといやな思いもありましたが、ふた組の夫婦ならドタキャンもできるし、気が楽でした。

元気に麻雀ができて、これもいい思い出になりました。

こうして一つ一つ、みんなとの思いで作りが進んでいきますね。

私としては拓家族、圭司家族とみんなで旅行をしたいのですが、なかなか先の計画が立てられません。24日の検査がなんでもなければ、計画してくださいね。

今、何が大切なのか見えてきて、私には、家族が一番なのだと感じています。

指が痛み始めています。もしかして……と思うけれど、まだミシンもかけられるし、食べることもできるし、できるときにいろいろ楽しみたいです。

この間、あなたと言い争いをしてしまいましたね。悪かったと思いますが、つらい思いが心の中でうまくコントロールできません。これで十分ということは、ないのだと感じています。まだまだ楽しみたい、子供たちとも一緒にいたい。

もちろんあなたとも。

2016年7月8日

体力のなさに我ながら驚く毎日。昼寝しないと身体《からだ》がもちません。いつ何が起きるのか……怯《おび》えてしまいます。

なんとかこの夏を乗り越えたい。PET／CTもクリアしたい。

それしかない……。

昨日の恭ちゃんの電話には、内心傷つきました。家に帰りたいと言って、次の日に亡くなったというまゆちゃんのお母さんの話。私も、家に帰りたいと思うのだろうなぁ。でも、帰ってきたら、あなたに負担を掛けるだろうなぁ。

病院での生活は、つらい日々だし、きっと家に帰りたいというと思うけれど、許してね。

2016年7月17日

亡き母の夢……いくら探しても母の住むアパートが見つからない夢。
なんで私がその場所を知らないの？
なんで電話番号もわからないの？
夢の中で途方に暮れる私。会いたいのに会えない。
まだ会えないのね。
まだ生かしてくれているのね。
まだあなたと小春と、楽しい時間を過ごしたい。
あなたを置いていけない。

８月30日のＰＥＴ／ＣＴが怖いです。
どうぞ神様、私をもっと生かしておいてください。

２０１６年８月５日

高峰高原への旅も無事に行けました。７月下旬には、体調が悪く、無理かなぁと不安だったのですが、あなたとまた旅ができて、本当によかったです。

２０００メートルのところにあるホテル、素敵でしたね。まさに雲の上の花園、天国のような美しさでした。

私がもしいなくなっても、私の写真をもって、また連れて行ってください。大好きなところです。

言葉にはできないけれど、あなたと元気に出掛ける時間が少なくなっているような気がします。

認めたくないけれど、こわいけれど、身体は少しずつ弱っています。

あなたには、心から、ありがとうと伝えたいです。一緒にいられて、幸せです。

たとえ身体がなくなっても、私は、あなたと一緒に、ずっといますから、ずっと忘れないで、いろいろなところに連れて行ってくださいね。

小春のことも心配だけれど、あなたがいれば、小春は生きていけるから、よろしくお願いしますね。

拓と圭司一家との旅行が無事に行けますように。

深山さんとの旅行も、行けますように。

毎日、仏壇に手を合わせて、お願いしています。

2016年8月23日

拓一家、圭司一家との富浦旅行も無事に行けました。神様、ありがとうございます。

深山さんとの長野の旅も行けました。ありがとうございます。

おなかの不調、体力の低下の中で、旅ができたことは、本当にうれしいです。もしかしたら、癌は嘘だったのではないかと思いたいくらいです。

だれか嘘って言って。

拓や圭司やあなたがいつも心配してくれて、私は幸せよ。

圭司は、相変わらず私が過去にこんなことを言ったとか、いろいろ責めるけれど、圭司らしいね。私は、子育ても反省することが多く、妻としても足りないことがたくさんあったけれど、今になってやっと自分のいたらなさに気づくことも多く、ごめんねって、拓や圭司に伝えてね。もっと冷静に育てなければいけなかったんだよね。

お墓のことだけれど、横浜市か川崎市の公営のお墓にあなたと入るのがいいかなと思い始めました。あなたが死ぬまでお骨を預かるところにおいてもらって、2人のお骨がそろったら、拓にお墓をさがしてもらってもいいよ。

拓たちがいるので、お墓をつくってもらったほうがいいかなと思い始めています。お金のかかることだから、あなたが死んだら、マンションを売って、お墓を買うのがいいかな。

2016年8月31日

とうとう……恐れていた日がきてしまいました。

もっともっと元気であなたと一緒に楽しみたかったのに、やはり癌は私の身体の中で大きくなっていたのですね。

姉や友人には、電話で元気に話したけれど、自分自身には、どう心の整理をしてよいかわかりません。

この間も言ったように、大切なことだけあなたに伝えておきますね。

延命治療は、しないでね。人工呼吸器、胃ろう、心臓マッサージ、やめてくださいね。

できるだけ、痛くない、つらくない、治療を選んでください。

私は、残念だけれど、小春とあなたを置いていくけれど、しっかり生きてくださいね。天国で待っていますからね。ゆっくり来てください。もしあなたがいない時間に私が死んでも、決して後悔しないでくださいね。あなたと関わってきたそれまでの時間が大事なのだから。突然何があっても、私はあなたに感謝し、ずっと愛して、幸せですからね。

拓には、やさしい息子になり、心からありがとうと伝えてください。いろいろなことがあり、やっとつかんだ幸せです。大切に、守ってください。奈緒ちゃんは、とてもすてきな奥さんであり、嫁です。もちろん花恋も丈も、素晴らしい孫たちです。いい家族で、私も幸せでした。

圭司にも、やさしい息子になり、心からありがとうと伝えてくださいね。圭司の癌も私があの世にもっていくので、おじいちゃんになるまで、元気でいてほしいです。中2で転校させることになったり、いろいろなことで至らなかった私を許してね。圭司のこと、とても大切に思っていたよ。

小春。可愛い小春を置いていくのは、しのびないです。お父さんと、もっともっと長生きして、お父さんを助けてあげてね。

あなたには、まだつらくて、言葉がないです。いい人に出会えて、よかったね、と言った母の言葉が思い出されます。私は、あなたがいなければ、もっと早く死んでいるだろうと思います。こんなにあなたに世話になるなんて、思ってもいない最後でした。ごめんね。

2016年9月9日

私が癌になったことで、あなたの人生を大きく狂わせてしまいましたね。拓にも圭司にも、つらい思いをさせています。

まわりをとっても不幸にして、申しわけない思いでいっぱいです。

でも、これればかりは選べない人生でした。癌になりたくなかったのは、私自身が一番思っています。

「こんなにおかあさんに尽くしているのに」という言葉が、箱根に行く前の日にあなたの口をついて出たとき、あなたは、とてもたくさんのことを我慢して、つらい毎日なのだと思い、なんだか生きていて申しわけない思いになりました。

ゴルフにも行けない、働いたお金を毎月5万円も私のために出さなければならない、自由に遊ぶことも落ち着いてできない、そんな積もり積もった思いが、あの言葉になったのでしょう。

私が死んだら、嫌味ではなく、自由に残りの人生を楽しんでね。

ごめんね。本当に。

2016年9月12日

いよいよ明日から抗癌剤治療になりました。覚悟はしていたけれど、またあのつらい治療をして効果があるのか……。

今日まで、私のわがままをたくさん聞いてくれてありがとうね。旅行に行きたい、孫とも会いたい、息子とも一緒にいたい、友達とも、気功も……と、この夏はたくさん動きました。

もう体力ギリギリの日もありました。充電器の電池がなくなり、充電機能もあまりなくなった感じの身体でした。

無理じゃない……と言われながら、強引に動き、わがままをきいてくれてありがとうね。

これからは、何が起きても、あわてずに、病院に連れて行ってくださいね。やりたいことはまだまだあるけれど、癌は大きくなってきています。

希望は捨てていないし、がんばるからね。

たくさんやさしさをくれて、本当にありがとう。

小春をよろしくお願いね。そして、あなたは、しっかり生きてくださいね。

圭司や拓のこともよろしくね。

私は、どんなことがあっても、あなたのことを思って、いつもあなたを忘れないからね。

2016年10月4日

抗癌剤2回目が終わり、髪の毛が抜け始めました。

消化機能も衰えてきました。

どこまで副作用に耐えられるのかしら……。

不安感におしつぶされそうになることが多く、強く生きることは大変なことだと思い始めています。拓や圭司に、つらい思いをできるだけさせたくないから、あなたへ負担がかかっていくのではと申しわけない思いです。

実は、3月に本間先生の夢を見ました。「私はいつまでの命?」と夢の中で聞いたら、「10月」と答えました。

その10月になりました。夢なのに、こわくてあなたにも口にできませんでした。なんとか10月をクリアしたい、今そう思っています。

クリアできたら、古希を迎えることを目標にがんばりたいと思っています。

1日1日、この部屋で過ごせることに感謝しています。

2016年12月30日

今年も残り1日となりました。

ここへの書き込みは、「死」と向き合う気持ちになり、ずっと書き込めませんでした。なんとか新しい年を迎えられそうで、ホッとしています。

抗癌剤治療の副作用が大変になり、あらたな局面をむかえたのかなぁと思います。なんとか頑張って、生きていて、あなたと時間をともにできたらと願っていますが、今後どうなるのか、不安がいっぱいです。
この1年、本当に優しく、私を面倒みてくれて、心から感謝していま
す。
イライラすることもあり、弱音をはくこともあり、大変だったことで
しょう。この状況で、強く、明るく生きることがどんなに大変か、やは
り、私は、弱い人間です。
痛い思い、つらい思いをしたくない……。
新しい抗癌剤が奇跡的に効いた、ということを期待して、来年を迎え
ます。希望がないと、この大変な副作用に立ち向かえないものね。
今年は、ありがとう。一番頑張ったのは、あなただよね。

2017年1月26日

無事に70歳を迎えることができました。家族がいたから、ここまでこられたのだと感謝でいっぱいです。

もしかしたら、もっと生きられるかも……なんて思うと、何かあったときの衝撃が大きい……と思うと、こわくて口にできません。

圭司のことも心配だし、まだまだ思いの残ることばかり。

ともかく、70歳万歳です。

夫婦について

1972年5月21日。早稲田大学構内にある大隈会館で結婚式を挙げました。英司と容子、ともに25歳の頃

「二人の物語」を読んでいただいてもわかるように、容子が体験した病のことを除けば、私たちはごく平凡な夫婦でした。生活の中で多少の小さな喧嘩《けんか》は起きましたが、2人の信頼関係が壊れるような揉《も》め事は一度もありません。私たち夫婦と同世代の人たちと同じような、どこにでもある夫婦の営みを重ねてきた毎日だったと思います。

ただ、容子の存在の大きさは、亡くなってから改めて感じるようになりました。すべてを包み込んでくれるような存在感。出会ってから52年間、結婚してからは45年間。どちらかといえば、私は亭主関白なタイプでしたから、自分のほうが一歩優位に立ちたい、立てているつもりでいました。しかし、気づけば容子のほうが上でした。人間は決して上下や優劣ではありませんけれど、容子の大きな愛情の中で私は生きてきたんだなぁ、と実感します。

家族に対しては、とにかく熱い人でした。忘れられない夫婦のエピソードがあります。長男が小学生になった頃ですから、今から40年ほど前でしょうか。友達とテニスをやっているとき、前方にダッシュしようとした瞬間、足にボールが当たったような強い感覚がありました。あれ？　筋を伸ばしてしまったかな？　そう感じながら放っておいたのですが、あまりにも痛みが増してくるので病院で調べたところ、アキレス腱《けん》の上の筋が切れているとのこと。人生初の松葉杖《づえ》生活が始まりました。

数日間、会社を休んでから松葉杖出勤の初日。千葉県袖ヶ浦市の自宅から会社があった市川市まで、容子も一緒に行くと言うのです。ラッシュアワーの駅や電車内は、尋常ではないほど混雑しています。「混んでいるよ」と言っても、「混んでいるから行くのよ」と言って聞きません。

結局、会社の入口前までついて来てくれました。

朝の混雑した電車の中、プラットホーム、階段、私を支えながらゆっくり、ゆっくりと2人で歩きました。あのときの横顔、あのときの優しさ……。生前は思い出すことなどほとんどありませんでしたが、いなくなってみて、そんなささやかなことばかりが思い出されます。

とにかく思ったらすぐに動く、いいと思ったことはまず行動の人でした。友達も多くて、いつも仲間と習い事をしたり、集まって出かけたり。子育てにおいて、我が家も一般的な思春期の問題、子供たちが成長する過程で起きるトラブルなどもいくつかありましたが、容子は常にリーダーシップを取りながら、家族みんなが仲良く暮らしていける工夫をしてくれました。

詩「七日間」ができるまでの道のりとして、容子が小腸がんと歩いた日々のことも書かせていただきます。

２０１５年の春。お腹《なか》の不調を訴え出した容子が、住まい近くの内科医にかかってみたところ、大腸炎だと診断を受けました。それでも、やはりもう1回、別の病院で診察してもらおうと、ある大学病院でも検査を受けましたが、同じように感染性の腸炎だと言われました。

8月、やはり違和感があったので、再度、同じ大学病院に行ってみると、小腸に腫瘍があるとのこと。良性か悪性かはわからないが、腫瘍が原因で腸閉塞を起こしていると診断されたのです。「とりあえず腫瘍を切除する手術をしましょう」とすぐに入院となりました。

小腸への内視鏡検査の結果、一旦は「良性」と判断されましたが、8月31日に手術をしたところ、腫瘍は悪性との判断。小腸がんの、それも

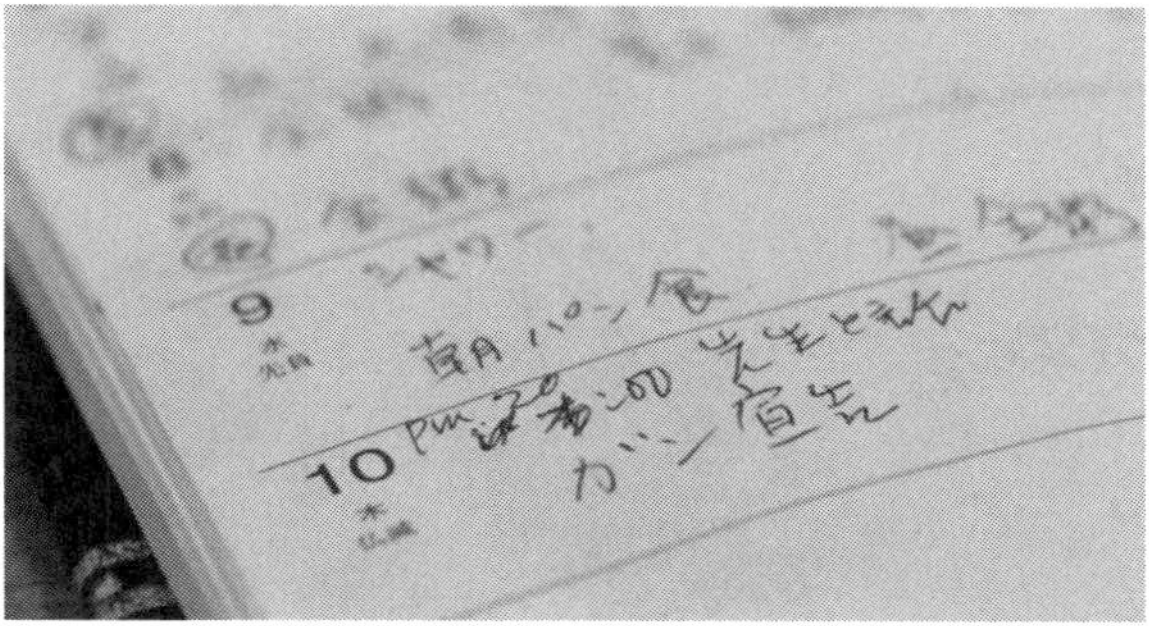

ステージ4だと言うのです。待合室には私と容子の姉2人がいましたが、全員が唖然《あぜん》としました。

「腫瘍はすべて取りました。しかし腹膜播種《ふくまくはしゅ》を起こしていて、今後は手術ができません」

　腹膜播種とは、腹腔《ふくくう》内を覆う腹膜の表面に、がん細胞が無数に散らばっている状態を言うそうです。小腸も30センチほど切除しましたが、腹膜の小さながんは取ることはできない、と。一瞬、頭の中が真っ白になりました。末期がん？　一体、あとどれくらい時間が残されているのか？

「平均で約2年間です」

もちろん集中治療室にいる容子には言えません。

手術をしてから10日後に、私と容子で別の先生からの説明を聞きました。

「余命は、平均で2年です」

容子は何も言わないで静かに聞いていました。

「これから治療をやっていきましょう」

「わかりました……」

その日の容子の手帳には、

「先生と話、ガン宣告」

とだけ書かれていました。

9月12日に退院し、久しぶりに自宅に戻ってきました。以前、肺動脈血栓症でお世話になった病院でしたが、手術をしてくださった先生とは別の専門医からの余命宣告が、あまりにも事務的で悲しい雰囲気だったので、私たちはすぐにセカンドオピニオンを受けるため、東京築地《つきじ》にある「がん研究センター中央病院」を訪ねました。

小腸がんは非常に稀《まれ》ながんだということも知りました。約5万人に1人の割合で発症するらしく、よって症例も少ないようです。

「ここには小腸がんの患者さんもいますよ。術後4年になりますが生きている人もいる。私は、頑張っている患者さんに向かって『あと○年の余命です』なんて言えません」

その先生の言葉にどれだけ励まされたことか。容子もお世話になることを決めて、抗癌剤治療が始まりました。最初は点滴で、副作用がきつくなってからは経口の薬も試しました。その日から半年ほど後の日記にも、こう書かれています。

「耐えられない副作用ではない。治療することで、少しでも延命ができるなら、もっと生きたい。もっとあなたと楽しい日々を過ごしたい。子供たちとも、一緒にいたい。そんな気持ちになっています」（2016年3月8日の日記より）

この本にも掲載されている「二人の物語」を書き始めたのも、がん宣告をされた翌年の2月19日からでした。2016年は、2人が出会ってちょうど50年が経《た》とうとしていました。その記念にと容子が書き始めたのです。

「あなたも書いてね」

そうせがまれ、恥ずかしい気持ちもありましたが私も書くことにしました。

照れくささはあるものの、容子の文章を読んでいるうちに、私も忘れていた記憶が蘇《よみがえ》ってきたのです。私たちが学生だった当時は、学生運動が盛んでした。しょっちゅう授業が休講になるので、それが2人の距離を縮めるきっかけとなったことは言うまでもありません。2人で会って話す時間が増えました。今のようにパソコンやスマホなどありませんから、話したいときは会うしかありません。会ったときに何を話そうか。そんなことばかり考えていました。

私が実家の岐阜県に帰省したときなどは大変でした。会いたいけれど会えない。話したいことが山のように溜《た》まっていきます。たまには手紙も書いていましたが、話したいことがありすぎて追いつきません。

長男が大学生、次男が中学生になったとき、私は高知県に転勤となって単身赴任しました。そのときは毎日電話で話をしました。5〜6分という短い時間ですが、通話料の割引が発生する時間帯を待ってかけるのです。子供のことから何気ない日常の出来事まで、今思えばとりとめのない内容でしたが、お互いまだ40代でしたし、容子も1人で子育てを任されていたので大変だったのでしょう。それが毎日の電話につながっていたと思います。

振り返ってみると、私たちは会話の多い夫婦でした。

何かあれば、すぐに話し合って、お互いの気持ちを伝え合っていました。

2016年は、比較的まだ体調も安定していましたから、愛犬の「小春」を連れて旅行に出かける回数が増えました。八ヶ岳、横浜、鎌倉、丹沢湖、箱根、熱海……。体調が許す限り、時間が許す限り、2人で少しずつお金をためてはドライブを楽しみました。

中でも思い出深いのが、5月9日から12日までの3泊4日の北海道旅行です。容子の「2016年6月16日」の日記（P105）にも書かれているように、学生時代から北海道に行ってみたいね、と話していたことが実現しました。

「二人の日記」にも記述がありますが、私たちは早稲田大学の同じ教育学部国語国文学科に在籍していて、卒論も同じ東北出身の作家（私が石川啄木、容子が宮沢賢治）だったので、卒論の旅行もみんなで東北地方を回りました。そのとき、もう少し足を延ばせば北海道だね、いつか2人で行ってみたいねと夢が広がっていたのです。

そして、5月は21日が2人の結婚記念日ということもあって、毎年思い入れの強い月です。2016年は、2人にとっては念願の北海道旅行でしたので、容子も心から楽しみにしているようでした。

9日、飛行機で札幌まで飛んで昼頃に到着。時計台や大通公園、旧本庁舎、通称「赤れんが庁舎」を訪問し、特に明治21（1888）年に建てられたアメリカ風ネオ・バロック様式の建築を堪能しました。

翌10日はレンタカーを借りて、富良野《ふらの》や美瑛《びえい》に出かけました。

ここで思わぬ誤算が生じます。ゴールデンウィークの連休中には人で賑《にぎ》わい、お店もオープンしていた観光地でしたが、なんと私たちが訪れた連休明けには、ほとんどのお店が閉まっていたのです。ここに行ってあれを食べよう……などと考えていた私のプランは、残念ながら実現しませんでした。

また、その日は容子の体調がいまひとつでしたので、車の中で横になることもしばしばでした。それでも、その日の夜はたまたま北海道へ出張に来ていた長男の拓と会食をする予定でしたので、容子は旭川《あさひかわ》から札幌に戻る時間が間に合うのかと、それぱかり心配をしていました。神奈川県の住まいから遠く離れた憧れの北海道で、家族で食事ができることを容子はとても喜んでいました。

5月11日は調子も回復し、小樽《おたる》へ行ってお寿司《すし》を食べてから、特急列車で函館《はこだて》まで向かいました。普段は車での旅行がほとんどですので、私がハンドルを握り、容子が助手席に座ることがお決まりでしたが、列車だとお互いの顔が見えるので新鮮です。ちょっぴり北海道の地ビールで乾杯したりもしました。そして翌日、飛行機で戻って帰宅しました。

これまで2人で出かける旅行は、ほとんど容子が企画と準備をしましたが、初の北海道旅行はすべて私が手配しました。

「無事に北海道旅行に行けましたね。

あなたが望んでいた北海道の地を2人で踏めたことは、幸せなことでした。数日前から抗癌剤の副作用で足の裏や手のひらが痛み、行けるか不安でしたが、なんとか行けて本当によかったです。ギリギリセーフの旅でしたが、札幌で拓と会えたことも大きな喜びでした。

私にとっては、拓と圭司が宝物です。

お金はかかりましたが、2人で行けたことは大きな思い出になって残りました。

ありがとう」(2016年6月16日の日記より)

2016年5月11日に訪れた函館市の啄木小公園

遠方への旅行はそれが最後となりましたが、素晴らしい思い出がたくさん詰まった旅となりました。

2016年は比較的体調も安定していたものの、容子が書き残した日記を読むと、そこには日々の心の葛藤が正直に記されています。私は、亡くなってから日記の存在を知りましたので、読んだときは涙が溢《あふ》れて止まりませんでした。

「あのとき、そんなことを考えていたのか……」

後から知って気持ちが揺れ動きました。

北海道旅行に行った3か月後の日記です。

「私は、残念だけれど、小春とあなたを置いていくけれど、しっかり生きてくださいね。天国で待っていますからね。ゆっくり来てください。

もしあなたがいない時間に私が死んでも、決して後悔しないでくださいね。あなたと関わってきたそれまでの時間が大事なのだから。突然何があっても、私はあなたに感謝し、ずっと愛して、幸せですからね」

（2016年8月31日の日記より）

いつも一緒にいる夫婦でも、気づけないことはたくさんあります。特に夫と妻は、もともとは別々の環境で育ってきた人間です。出会って52年という時間が過ぎても、本当は見えていた部分など少しなのかもしれません。振り返ると、あっという間の時間でした。楽しかった思い出も、一瞬のうちに過ぎてしまった気がします。

これからどう生きていこうか……まだ考えられません。残りの人生を

2人で生きていこうと話し合ってばかりいたものですから、気持ちの整理がついていないのが本心です。

老後は、独立している息子たちの世話にはならずに生きていければいい。趣味の陶芸があればそれでいいと思っていました。いい作品ができればそれで満足。容子は容子で、趣味の洋裁やちりめん細工を楽しめばいい。私は写真を撮ることも好きなので、気に入った写真をフェイスブックなどのSNSに投稿して、見る人に楽しんでいただければいいね、とも話していました。

つい先日も、容子の知り合いが開いたコンサートに招待していただき、久しぶりに出かけたときも大勢の方々から、

「英司さんの作品なら、ほしい人はたくさんいるから陶芸を再開してくださいね」

そのような嬉《うれ》しい言葉をいただきましたが、まだまだ何かを始める心境にはなれません。

「きっと容子は、まだまだやりたいことがあったはず。私1人が楽しんでは申し訳ない」

そんな気持ちが湧いてくるのです。気持ちを整理させるには、もう少し時間がかかると思います。

ただし、今回のように、たくさんの方たちが詩「七日間」に共感してくださり、たくさんのお手紙や感想をいただく中で、私なりに感じたこともあります。

私は、容子が生きてさえいてくれれば、それでよかった。たとえ病院に行ったときにベッドで眠っていて私と会話ができなくても、生きてさえいてくれればよかった。たとえどんな状況であろうとも、生きていることが私の生きがいであり、幸せでした。

ですから、もし今、お互いを大切にできない人が目の前にいるなら、どうか考え直してください。もし、夫婦仲がいまひとつよくない人たちがいるなら、お互いに相手を大切に思ってみてください。お互いに受け入れられるようになればいいですね。

人が亡くなったあとの喪失感が、これほどまでに激しいものだとは、体験するまでわかりませんでした。まるで自分の半身がなくなってしまうような感覚です。いずれは誰もがみんな体験することなのですが、頭ではわかっていても、いざ現実になると悲しくて、切なくて、苦しいものです。

ずっとサラリーマンを体験してきた人は、会社が仕事を与えてくれました。やることもいろいろありました。定年退職を迎え、「ああ自由になった」と思うのも束《つか》の間、趣味があれば大丈夫と思っていたものの、いざ時間と向き合えば、どう過ごしていいのかわからなくなります。趣味だけで生きていくことはできにくい。そして最愛の妻の死。心の中にぽっかりと空いてしまった大きな穴がなかなか埋まりません。

これからの日本は高齢社会を迎え、私と同じような体験をされる方も、決して少なくないでしょう。今から2000年以上も前に書かれた『論語』の中に、このような一文があります。

「七十にして心の欲する所に従って矩《のり》を踰《こ》えず」

現代語訳にすると、70歳になったら自分の心のままに行動しても人道を踏み外すことがない、となります。私も少しずつ新しいことにチャレンジしながら、そのように生きられればいいなぁと思っています。

これまでは、最良の人と巡り合ったおかげで、素晴らしい人生を過ごしてこられたと思います。これからは容子の分まで、精いっぱい生きていこうと、それだけが確かな気持ちです。

最後の返信（あとがきに代えて）

とうとう最後の返信になってしまいました。もうこれに「返信」がくることはないんですね。

1月19日にキミが旅立ってから葬儀の準備や各方面への連絡などで、あわただしく時が過ぎてゆきました。葬儀には思いがけず、大勢の人が来て、キミを送ってくれました。寒い雪の日でした。キミは偶然にもキミの大好きだったお母さんと同じ西寺尾火葬場で荼毘《だび》にふされ、旅立ってゆきました。

家に帰って祭壇を作り、線香の匂いの中で小春と2人になったとき、初めてどうしようもない悲しさが込みあげてきました。

小春もキミを探して家の中を歩き回っています。キミが死んだ朝も小春の散歩に行きました。珍しい鳥を見かけたり、きれいな花を見つけたりしたとき、誰に話せばいいの？　本当にキミはもう帰ってこないの？　毎日キミの写真に向かってそう問いかけています。


キミが旅立ってからもう5か月が過ぎようとしています。「時が薬」と言うけれど、この薬はなかなか僕には効きそうにありません。何か特効薬はないかと「東海道五十三次を歩くツアー」に参加してみました。でも、きれいな景色や名所・史跡を見るたびにキミに語り掛けてしまいます。何を見ても、どこまで歩いてもキミが一緒でない淋《さみ》しさは消えません。

そっとポケットの中の写真に語り掛けてみます。

「おい容子、どこにいるんだ?」

でもまだキミは何も返事をしてくれません。これはまだキミへの思いが薄いのかなと思います。もっともっとキミを思っているうちにきっと、

「英司さん。ここよ、ここにいるわ」

というキミの声が聞こえる気がします。他の人には聞こえなくても風の音や鳥の声にのってキミの声が聞こえる気がします。

これからもどこに行くにもキミの写真を連れて行くからね。そしてキミが一番好きだった高峰高原にも一緒に行こうね。濃い霧の中に浮かんでくるヤナギランの赤い色やニッコウキスゲの黄色の中を昔のようにキ

ミと手をつないで歩こうね。

キミがいなくなって1人になったと思ったけど、キミはいつでもここにいるんだね。また新しい二人三脚を始めようね。

キミが心配していた小春も元気にしているよ。散歩中に女の人を見つけるとキミと勘違いして駆け寄ってしまうけれど、今は病気もしないで、いい子にしています。

孫たちもみんな元気にしています。花恋は第一志望の高校に頑張って合格したよ。無理だと思っていたけどキミの写真をもって受験したら力をもらって合格できたんだって。

大輔も今年から中学生になって、妹や弟の面倒をよく見ているよ。丈と幸佳は塾に行きだして勉強を頑張っているよ。キミがいれば花恋のときのように勉強を見てもらえたんだけどね。

翔伍も今年から小学生になりました。横浜F・マリノスのサッカースクールに入って将来のプロを目指して頑張っているよ。

子供たちもキミが望んだように夫婦仲良く暮らしているよ。拓は去年の10月に転職して、順調に仕事をこなしているし、奈緒ちゃんもキミの使っていたミシンを使って洋裁の仕事を始めています。拓のところも、圭司のところもよく家に遊びに来てくれるよ。今まではみんなキミが料理を作ってもてなしていたけど、最近は奈緒ちゃんも晃子ちゃんも料理を作ってご馳走《ちそう》してくれます。最後に洗い物までして帰っていきます。子供たちが心配してくれているのがわかるから、できるだけ迷惑をかけないようにするからね。

それからキミが一番心配していた僕は、今年の6月で今の仕事を辞めることになりました。規定より1年以上も長く働かせてくれた会社に感謝しています。今後は日本惣菜《そうざい》協会の仕事を月に数回させていただくことになっています。そして陶芸も少しずつ始めるよ。キミがお世話になった方たちにお礼として差し上げられるようにね。

これからもこれまでと同じようにずっと2人で生きてゆこうね。キミの肉体がなくなっても僕には全然関係ないからね。いつもキミと一緒に楽しんで、笑って過ごしていこうね。

最後にこの詩が世に出るきっかけを作っていただいた朝日新聞東京本社オピニオン編集部「声」編集の吉田晋様、日本テレビの「NEWS

24」および「スッキリ」での制作にあたっていただいた株式会社ONSHOREの杉本純子様、何回も取材していただいたフジテレビ「Mr.サンデー」情報制作局情報制作センターの村上真貴子様、そして出版という形で容子に永遠の命を吹き込んでいただいた編集者の鈴木七沖様、ありがとうございました。心より感謝申し上げます。

宮本英司

平成30年6月

文庫版に寄せて

容子は2018年1月に他界しました。その最期の2か月間を病院で一緒に過ごせたことで、この『妻が願った最期の「七日間」』の物語が生まれました。翌年からは新型コロナウイルス感染症の流行が拡大し、病院での付き添いどころかお見舞いもままならない状況となりましたので、ある面、幸せな最期を送らせてやれたのかもしれません。

読者の方から「この本を読んで感動しました」という励ましのお便りをたくさん頂戴し、ありがとうございました。本書は「容子という人がいたことをなんとかして皆さんの記憶に残せたら」との思いからの出版でしたが、なんの変哲もない夫婦の物語に皆さんが共感してくださったのは、私たちの「家族の愛」を感じていただいたからではないかと思っています。

夫婦のいずれかがひとり残されるというのは誰もが辿《たど》ることになる道かもしれませんが、やはり淋《さび》しいものです。しかし、「もっと生きたいよ」と言っていた容子の思いを胸に、私は容子のぶんまで生きてゆきたいと思います。一昨年に容子のお墓を建て、墓碑銘にこの本から「願」の一文字を採って刻みました。容子の願いが皆さんに届きますように。

2024年1月

著者

本書は二〇一八年七月に刊行された単行本の表記や表現などを一部改訂したものです。
本文中の肩書き・データなどは刊行当時のものです。

サンマーク文庫

妻が願った
最期の「七日間」

2024年2月10日　初版印刷
2024年2月25日　初版発行

著者　宮本英司
発行人　黒川精一
発行所　株式会社サンマーク出版
東京都新宿区北新宿2-21-1
電話 03-5348-7800

フォーマットデザイン　重原 隆
本文DTP　山中 央
印刷・製本　中央精版印刷株式会社

落丁・乱丁本はお取り替えいたします。
定価はカバーに表示してあります。

ISBN978-4-7631-6146-8　C0195

ホームページ　https://www.sunmark.co.jp